> L'amour est un acte manqué

© 2020, Audrey Terrisse

Edition : Books on Demand,
12/14 rond-Point des Champs-Elysées, 75008 Paris
Impression : BoD - Books on Demand, Norderstedt, Allemagne
ISBN : 9782322222704
Dépôt légal : Mai 2020

L'amour est un acte manqué sur lequel on trébuche sans se louper avec l'envie d'y repasser. La chair en sang, n'en déplaise à la raison, l'amour est un acte manqué à l'unisson. L'amour est un acte manqué comme un précipice qui appelle la chute et le vertige de l'oubli. On ne peut s'aimer sans s'oublier, sans s'imprégner, sans se perdre. Et à chaque fois un nouveau chemin. Et à chaque fois une nouvelle déroute. De lui. De moi. De toi. En sens. En tous sens. Et en résonances. L'amour est un acte à pas se louper. Sauf à manquer. Se reconnaître et puis s'aimer. Se flairer et puis céder. T'es de ma famille. J'en ai pas alors j'adopte. A l'œil, à l'oreille. C'est pas que j'ai du nez, juste un peu de veine. Je t'ai vu, là, dans la dérive et t'ai ressenti. C'est pas que j'ai du flair. Juste que tu m'es tombé dessus, comme le filant d'une étoile. T'es ma galaxie et ma pénombre. T'es mon soleil noir. L'amour est un acte manqué à qui ne sait se résoudre à s'abandonner. L'amour est un acte manqué à la portée de tous les damnés. Il sait frémir et chavirer. Il sait donner et retirer. T'es mon amour. T'es ma beauté. T'es ma queue, ma poésie, mon émoi, mon chaos, ma force, ma perdition. T'es mon essence et ma charité. Tu es mon luxe et ma pauvreté. Tu es mon âme. Tu es mon double.

Chacun reste dans ses abysses, seul et isolé. On ne se trouve jamais. A quoi bon se chercher. C'est si simple. Faut rien changer. Que m'as-tu fait? Je vais sombrer. J'ai pas les sous-titres. Je comprends rien. Et t'as pas la clé. Faut pas sombrer, pas se laisser aller. Alors on tease, on anguille, on chatouille. Seuls et isolés. Je te parle. Tu me parles. Et qui s'entend. Je parle de moi, tu parles de toi. Et qui nous entend. Seuls et isolés. Seuls et isolés. Pourtant je te capte et tu me captes. Pas si loin, pas si douloureux. Justes parallèles, justes paraboles. Rien n'est juste, sauf toi et moi. Sauf toi sans moi. Stop! Rembobine. Il reste quoi? Juste toi sans moi. Juste moi sans toi. Et on se poursuit sans foi ni choix. Et on se détruit. Seuls et isolés. T'as rien perdu. J'ai tout gagné. En es-tu sûre ? Et réciproquement. J'ai rien perdu. T'as tout gagné. Et réciproquement. Et cet infini de faux semblants. Pas de douleurs, pas de délires, juste le souvenir. Juste toi et moi et rien d'autre à trépasser.

A-t-on seulement le droit d'existerà deux ? L'amour n'est-elle que notre illusion, que nos désillusions. Je te vois, je te crois. Y ai-je droit ? L'amour n'est qu'un acte manqué au tempo un peu trop scandé. En arythmie je te suis, sans vraiment baliser. Ça déborde, j'ai la nausée. Et les amours mortes ont le charme amer de ce qu'elles auraient pu être. On ne sera jamais. Même pas foutus d'avoir été. Fracas d'esprit et mots assassins. La chair en cendrier moins douloureuse que tes mots. Le rappel consternant du second choix, l'appel constant de la chute. Je partirais bien mais j'ai nulle part où me fixer. Faudrait tailler la route, éperdue de grands chemins. Faudrait se briser et puis recoller. Alors je m'écrase et j'oublie. Passe les cachets. Y en a bientôt plus. On fera comment pour se supporter sans pharmacopée ? Ressers un verre. Encore un. Déjà ? Je veux plus que ça. Le monde s'écroule, les gens se pressent. Ça trinque et ça graillonne. C'est pas mon monde. Alors je pars. Tu me suis ? Ça fait flipper, je sais.

Nous sommes annihilés par tous ces culs, ces chattes, ces queues. Et nous finissons par jouir de nous-mêmes, les yeux dans l'œil du sillon. Nous nous virtualisons en virages faussés et en chants de partisans hygiéniques. Je suis l'inexistence et le tremblement. Tu es la grâce et la fournaise. Et si on s'aimait pour de la vraie. Et si on s'apprenait comme les enfants qu'on n'a jamais été. Viens là, viens, touche-moi. C'est ma peau que tu sens, mon cœur que tu entends vibrer, mon souffle qui vient te lécher. Viens là, fais-moi toucher. C'est doux et ça fait mal. Ça brûle au corps. Tu crois qu'on va se blesser. Reviens. Je veux savoir. C'est ta peau qui transmet. Je veux apprendre ses sillons. Vers où mènent-ils ? Que vont-ils faire de nous. On n'a pas assez de cette vie. On en a plus qu'assez. On n'est pas bons à recycler. Déchets bien trop consommés. Arrête-toi là. Oui, juste là. Mon cœur bat jusque-là. Plus fort. Encore.

T'as griffonné quoi aujourd'hui. Quelques peines d'amour à inscrire sur ma page noire. Tu es l'auteur de mes desseins. Tremble pas, écris, gémis, crache, transpire, crève. L'amour est un acte manqué mais pas sans nous compter. Prends ta plume, poète. Dessine-toi, dessine-moi, dessine-nous. Décime-les. Faut pas se priver, faut pas se brider. Pas de jeûne pour nous, juste l'orgie. C'est comme une caresse, c'est le bliss. C'est un ogre inconstant qui va et vient au gré de ses appétits, nous gave et nous affame. C'est l'ennui et la passion. C'est se lever avant l'aube pour niquer le temps avant que la vie nous rattrape. C'est le crépuscule en myriades au cœur de l'hiver. C'est le salaud qui se délecte et la garce qui s'humecte. C'est un éclat de rire surpris et une goutte qui s'évade. C'est toi et moi. En seule issue.

Nous sommes les héritiers désabusés en œil de cyclone. Nous sommes les amants manqués d'une pauvre pute décharnée. Tu me dis c'est le chaos depuis que tu as débarqué, j'ai vieilli sans jamais grandir, j'ai écouté mais je ne sais toujours rien. Tu me dis c'est une longue histoire que tu sais même si je te l'ai pas contée. Je te dis je sais les histoires interdites et les cris mutiques. Je te dis je vis dans un chaos maîtrisé où j'ai envie d'aimer, peut-être même de t'aimer. Tu sais je n'y arriverai sans doute jamais. On est les actes manqués d'un amour desséché. Dans le sachet, elles sont trois à me narguer, ils sont presque cent bien alignés. Je te dis c'est la petite solitude qui va nous emporter et je pense à mon linceul de tulle noir d'ultime épousée. Je t'ai même pas encore aimé, même pas goûté. On n'a pas pu refaire ce monde foutu bien avant nous. Alors je finis de m'assommer à la liche bon marché. Tu dis ça fait pas rêver. Les rêves je les laisse à ceux qui ont su oublier.

J'ai beau chercher, je ne peux trouver où on s'est loupés. On ne se cherche même plus, indolents indifférents à l'absence de l'autre. Où étais-tu passée ? Dans mon sac de bile. Je me noyais. Je me noie. Reste avec moi. Fais pas ça. Pourquoi ? C'est toi qui m'y as plongé. Puis tu m'y as oubliée. J'ai rien demandé. J'ai cédé. Je pars et tu observes sans t'en soucier. A quoi tu penses ? Nous les effrontés sombrons dans un gouffre de faux-semblants. T'es passé où ? J'ai peur de te manquer. Quelques notes plus loin, un linceul de neige s'est posé. C'est pas l'amour qui nous a manqué. C'est l'usure de nos ossements bien trop cramés. Tu t'effaces lentement de mes pensées et je te crie de rester. Reste. Je t'en supplie. T'es où. J'ai plus la force de te chercher. T'es où. Je t'en prie, me laisse pas nous achever. Sans toi, je suis paumée.

C'est une chute sans lendemain d'aimer, une orgie de tripes jamais digérées. Ça va t'as bien bouffé ? Faut pas se priver, se resservir, jusqu'à la nausée. J'offre mon corps en festin ordinaire, un corps qui saigne de mal aimer, un corps à bout de clichés. C'est la famine d'un silence d'affamés. C'est la tombe de nos amours désincarnées. C'est un puits qui s'est tari sous les coups des dupes. Et je creuse notre caveau des amours marquées. Comment survis-tu ? On a bien trop manqué. On ne sera jamais rassasiés. Et les appels absurdes seront infinis, à trop chercher les âmes troublées, miroirs faussement déclinés. On entasse puis on efface. Abandonne. Las des simagrées. Epuisés sans retour. Tu as abandonné, je vais nous achever. Et si tes yeux me cherchent, et si tes mains me caressent, le sort en sera jeté.

Avons-nous signé notre désaveu en nous aimant ? Pauvres tourments agonisants, aspirants duellistes d'une fin annoncée. La fumée lentement s'échappe de nos êtres. Mégot écrasé sans s'en soucier. Loin la fournaise de tes baisers a cessé de me lanciner. Tes lèvres sont aux absentes. Dos à dos, les draps s'ennuient. Yeux dans les yeux, les paroles blessent. La fille de pluie devient crève-cœur, en spirale enfermée, en quête désespérée. Stigmates à vif et miroirs brisés, arrogants d'angoisse, frémissant d'une fin programmée. Ténèbres prisons. Tends la main. Pars pas sans moi. L'enfer est déjà là. Même le chant des anges s'est tu. C'est la fin. On a loupé notre chemin. Nuits sans sommeil dans notre cellule, les cœurs n'en finissent pas d'expirer. Sans crainte, en pénombre, nos destins sont incrustés d'un sceau empoisonné. Les étoiles sont tombées, écorchées vives de nos humeurs de dépossédés. C'est l'aube qui dira si le désir a succombé. Les chimères sont les trésors des désœuvrés. L'amour est un acte manqué pour les ratés du cœur.

Exhausteur de douleurs hallucinées, je lèche tes plaies, tu panses mes mains. On se recroqueville en d'autres seins, à l'écume d'autres peaux, pour mieux nous étreindre de péchés narcissiques. Inlassables enlacés. Aspire à mes promesses. Brouhaha chaotique, chaos mutique. Silence ! Je te vois. Je t'entends. Je te sens. Et je pleure sur le brasier de notre fin d'indifférence. Et je crache sur les cendres d'une voracité cannibale outragée. Dans les cieux de notre déchéance, nos fumets ont cessé. La nuit s'est précipitée. Es-tu si seul que tu m'aies oubliée ? L'univers n'était pas à notre portée et la terre n'en a pas fini de nous saigner. J'ai manqué de trépasser et tu n'as fait que trébucher. A tes accroche-corps j'ai perdu le fil de mes sens, éperdue dans des petites morts en tranchées. Nos autres nous ont retrouvé pour nous absoudre de nos monstruosités. Et ton miroir déformé me ricane mes chimères. Et ma chair fanée réclame d'anciennes victoires anesthésiées. Monstres grotesques dérivent en atrocités nauséeuses. Et on s'accroche à notre amour manqué dans un dernier regain de stupeur. Pars. Reste. Tue-moi. Tu moi. Sauve-moi. Les temps passés doivent-ils toujours se rappeler ? Absurdité. Pause. Poses. Modèles et muses. Putes et michetons. Débusqués. Sais-tu seulement t'abandonner ? Lâche, jamais ne soupire, sauf en ultime percée. Inspire, expire, tes dernières cruautés.

Ils disent c'est une histoire con, une fable à consumer. Et notre peau exhale tous ses fumets, l'odeur du stupre et celle de la mort qui ouvrent leurs possibles. Nous étions des amants à consommer. On a chuté. On s'est mis chaos. Quelques plaies à ne jamais cicatriser, et les secrets tout juste dévoilés, trous noirs de nos cœurs écorchés. Ils disent on veut croire que vous serez à jamais ancrés. Ils veulent et ils exigent. On gueule et on chavire. Chaos. Doubles inversés, toujours à rater. Toujours. Encore mieux. Encore plus. Jusqu'à en crever, jusqu'à s'aveugler, jusqu'à se mépriser. Plus besoin de me chercher. Je t'ai démasqué. Crois-tu que ton crépuscule m'effraie ? J'ai connu la nuit et ses charmes désenchantés. J'ai œuvré à la destruction de l'être et du mal-être sans jamais flancher. Gouffre sans fond. Je t'ai écrit et me suis offerte en festin. Jusqu'à l'outrance. Et tu m'as gerbée, restes fumants d'un fiel impossible à digérer. Tu m'as aimée. Est-ce donc si vrai ? Leurrés par nos propres reflets, Narcisse se sont noyés. Tes doigts et les miens entremêlés, langue à langue dans une chatte bien trempée, nos illusions pour seule déraison, et cette fuite en poursuite. Le temps a trépassé. Nos vies s'achèvent, hymnes à l'amour, en unique acte manqué.

Le complexe du presque

"*Les romanciers cherchent à créer un univers dans lequel ils ont vécu, dans lequel ils aimeraient vivre. Pour écrire ils doivent y aller, éprouver et subir, toutes les conditions qu'ils n'ont pas imaginées.*"

William Burroughs

Et elle vécut sa vie comme une œuvre d'art, se forgeant de chaque tourment, crachant ses monstruosités et celles des autres, résistant aux tempêtes et cramant sous des soleils de nuit. Et elle les invita tous à périr ses mille morts d'amertume, à se délecter de ses sens. Elle se fit chasseuse d'orages et jaseuse de trésors. Et elle vécut sa vie comme une œuvre d'art entre symphonies et cacophonies. Et elle vécut à perte d'écrire.

Tu me dis, les gens qui survivent ne veulent pas vraiment crever. Et je suis toujours là à retenir mon pied sur la route des dératés. Un jour, j'ai loupé le bus de 8h07. Les spasmes de mon corps n'ont jamais vraiment cessé. Le premier sang a coulé. Un jour, un loupé sans intérêt. Tu me dis les gens qui survivent ne veulent pas crever. Alors je fonce et me défonce. Je fixe le fond des chiottes et plante les ongles dans ma paume. Je gratte une croûte et sous un sparadrap suintent mes morts ratées. Mais il y a pire que moi. Il y a pire que nous. Il y a ceux qui n'ont jamais osé embrassé le diable et l'envoûter. Ceux-là passent juste à côté, confits de leur complexe du presque. Ceux-là, c'est pas moi. Alors je laisse le diable m'entraîner dans sa danse. Tu vois, je crois que c'est moi qui l'aurai.

Tu me caresses. Je te gémis. Tu me siffles. Je te crie. Tu me fuis. Je t'attends. Tu me manques. Tu m'ignores. Je t'accours. Tu me défies. Je te pleure. Tu te liquéfies. Je te crache. Tu me vomis. Tu m'admires. Je te crains. Tu me veux. Je t'en veux. Je te gifle et je te gifle. Tu me cognes et puis t'oublies. Je nous. Tu nous. Tu me souffles. Je te souffre. Je t'expire. Tu nous délires. Je t'aime. Je te quitte.

Chaos. KO.

C'était beau les vacances. C'est là qu'on devrait se poser. On fainéanterait un peu partout en buvant des coups. Et on serait nus. Il ferait toujours chaud en vacances. Les orages passeraient vite et on les oublierait. On pourrait écrire, même des trucs sans intérêt. On s'en foutrait du temps qui nous efface. Parfois des gens viendraient et on serait heureux. Après les gens partiraient et on serait heureux. On se dirait que c'était bien l'été dernier. Le temps a filé et soudain cet été. Elles seront belles nos vacances. Tu te rappelles la maison sans eau ? On y reposera nos corps cassés en profitant du murmure lent de la vie. On caressera nos âmes blessées. Il fait toujours chaud au bord de la rivière. Il y a quelques nuages. Nos chances écharpées. C'est trop tôt pour écrire. Il vaut mieux oublier. C'est une histoire banale que nous avons supprimée. Personne ne viendra jamais. Nous deux. Malheureux. Peut-être qu'on n'en repartira pas. Peut-être qu'on ne s'en sortira pas.

Les mots caressent puis claquent. Musique. Livres. Nourritures de l'esprit. Richesses de l'imaginaire. Objets transitionnels du réel. Lettres de bile. Aspirations et inspirations. Trébuchées puis corrigées. Affrontements et fuites. Fausses exhibitions et ultimes refuges. Le chant des cris. Un art. Un point, un silence, une virgule, une pause. Stop ! Ralentis ! Ironie ou poésie. Déclinaisons d'harmonie. Les maux sans mots.

On a tout pour être heureux. La réalité Fini les projections fantasmées. La vraie vie, on ne peut y échapper. Il faut qu'on se la fasse jolie cette vie. Tu t'étonnes de ton sourire d'enfant, celui que j'aime tant, quand tu passes à côté de moi. Sans doute et sans angoisse, je te regarde passer. On a tous les possibles et tant de richesses. Tu es bien. C'est toi qui le dis. Tu es bien. Et je le vois. Tu es bien. Et je suis bien. Et c'est un autre inventaire qui commence. Des nuits pied à pied, un apaisement serein, une voie lactée pour l'éternité, des films projetés, une platine qui crache des poètes, des panoplies dévergondées, des huîtres, des festivités. C'est l'inventaire de notre temps à passer. Notre temps avant de trépasser. A la vie, à la mort. Comme une déclaration de guerre à la médiocrité des sentiments. A la vie, à la mort.

Aspirée sans même lutter. Des possibles, il y a lui et moi. Et moi et lui. Et la boucle infernale, témoin immobile. Et le manque implacable. Bourrer la machine, l'enrayer. Bourre, bourre, bourre. Emportée dans une danse sans rythme. Toujours plus. Glisser doucement sans l'envie de s'agripper. Rien qu'un souffle raté. Et il reste le même. Ni mieux, ni pire. Ils ont leurs transes et leurs désirs secrets. Ils ont l'envie d'exister et de se créer. Ils se voient et se mirent. Ils ne sont que des miroirs traversés. Être quelqu'un sans lui. Être soi avec lui. Arrêter, ne pas penser, ne pas fouiller. Tout est brûlé à jamais. Trous noirs. Cercles effacés. Quelques textes. Ne pas regretter. Un final loupé. C'est pas un truc qu'on recommence le final. C'est bien d'oublier. Nous oublier. On ne guérit jamais. Faut juste savoir gérer.

Elle ne voulait pas qu'il parte mais qu'il dégage.

Pars. Reste. Pars. Reste. Mais pars putain.

C'était notre Paris. Comme si nous l'avions inventée. On foulait les pavés, on se perdait, on s'aimait. C'était beau de s'aimer. Et si léger. J'avais mal aux pieds mais je m'en foutais. Ta main était là pour me relever. On se perdait et tu te moquais. Je riais et tes intestins pourrissaient. C'était notre Paris, celle qu'on s'était inventé. Avant les gifles, le silence du voyage et le téléphone adultère. Avant le mépris, le cul délaissé, le vin bien trop versé. Santé ! Bouge pas, chérie, j'ai de quoi t'assommer. De quoi ne plus penser. Retour en silence. Amour maltraité. J'ai les pieds en bord de précipice. Le vertige me terrifie, le vertige me captive. Mon regard se pose à perte de zinc. En bas, cinq étages de vide. J'ai envie de sauter rien que pour te faire chier.

J'ai tellement peur de te perdre. De laisser passer, les jolis instants. Et après la fureur, tes pieds qui cherchent les miens. A la vie à la mort. Une promesse désenchantée. Tu me fracasses et je me tasse. Et le mépris. Et mon crâne frappe encore et encore le sol, le mur. Et l'angoisse. Tu t'assommes et puis tu gueules. Et un sourire. Tu m'aimes toujours même si la bouffe est pas bonne. Même si celles d'avant étaient mieux. Même celle aux jambes arquées. Même celle qui est pas foutue de se suicider. Je m'écrase et je m'efface. Et l'amour. Et la déco tombe, les verres volent, les cadres explosent. Il n'y a plus rien à accrocher, rien qu'un regard triste sur une passion dévastée. Coupable. Et l'humiliation. Quelques coups de pied. Fallait pas te chercher. Un bleu sur le bras. L'enfant se tait. Le mot de trop. Coups sans répliques. Et le silence. Tes poings s'abattent. Les gifles s'abattent. Les espoirs s'abattent. Et les pleurs en espérant y rester.

Ils se faisaient des serments d'adolescents en peine d'aimer. Leurs blessures s'affichaient sur leurs carcasses déglinguées. Leurs peaux s'appelaient de mille caresses, derniers refuges de leurs frissons. Ils étaient dans leurs croisées. Cassés. Brisés. Epuisés. A perte d'aimer. Il était le B de ses baisers. Elle était le A de ses amours. Il devint le B de sa bestialité et elle le A de ses alcools. Seule leur fin était annoncée.

Qui es-tu ?

L'enfant a fait un cauchemar. A l'étage, ses cris appellent sa Maman. En bas, c'est la guerre. Maman, j'ai rêvé que c'était la guerre. Il criait et toi tu pleurais. Et la maison se cassait.

Le matin, le silence est revenu. Le champ de bataille a disparu. L'enfant est déposée au centre. Sa Maman tient presque sur ses jambes. Sa bouche est presque droite. Un spectre de couleurs a envahi ses jambes et ses bras. Ses mains tremblent. Maman a survécu. Sauf ses yeux qui ont cessé de s'éclairer.

Elle avait la beauté de l'intelligence. Moyenne en tout, sauf ses pieds disproportionnés. Ni son intelligence, ni sa beauté éclairée n'avaient pu sauver leur désir épuisé. Ni les verres versés, ni les queues accueillies n'avaient pu réveiller leurs derniers replis. Il leur restait la famille et ses représentations postiches. Il leur restait aspirations et néants bourgeois. Quelques ombres de passage. Ne pas s'attarder. Attention au titre de propriété. Elle lui disait de partir, de vivre sa vie, d'être heureux. Elle lui disait qu'elle adorait le son de sa voix. Elle abusait des points de suspension. Elle avait un avis sur tout, et souvent sur rien. Elle faisait sonner sa voix aiguë, ses intrusions virtuelles et son petit corps ramassé. Elle vantait sa liberté et le poussait à en profiter. Puis brandissait la grille horaires de ses infidélités. Il revenait, suspendu à son fil à la patte réclamer sa pitance désabusée. L'auberge du cul tourné affichait complet. Sauf quand il aimait s'éloigner. J'adore le son de ta voix... Les masques s'exhibaient. Elle avait un sourire un peu crispé, la même grimace qu'il était venu à détester, cette grimace quand elle jouissait. Il avait jamais remarqué pendant toutes ces années. Puis avait cessé de la désirer. Et pendant ce temps, le rictus continuait à se creuser. Elle ne voyait rien de ses démons. Les ignorait. La peur rend aveugle. Le déni rend serein. La peur de vivre. La peur du risque. La peur de se planter. La peur d'exister. Elle était moyenne en tout. Sauf pour les faux-semblants dans lesquels elle excellait.

Elle n'écoute pas. Liberté chérie. Pas sauvable. Monstrueux. Laide et vulgaire. Cas social. Lâche. Enfant gâté. Passion sordide. Il ne te vaut pas. Elle les entend mais refuse de les imprimer. Leurs mots ne sont que des brumes ankylosées. Leurs mots résonnent dans ses brumes désabusées. Fille perdue. Une de plus. Une de moins. Effacée. Pillée. Violentée. Brisée. Elle n'est plus qu'un vague écho de ce qu'elle a été. Une rencontre de plus. Une fille de moins. Plagiat. Elle se replie dans ses douleurs éteintes. Pose ses ailes. Fin de combat. On est plus heureux quand on n'aime pas. Ses chairs se ressoudent laissant des traces brunâtres sur sa peau tatouée. Les cicatrices d'un autre. Une histoire écrite à même la peau. Les voix se taisent. Sans espoir. La laisser dériver. Chuter. Se relever. Se reconstruire. Les jours déchantent. Le corps s'apaise. Doucement quelques battements frappent sa poitrine. L'expirent.

Il voulait la belle vie et elle lui offrit. Elle ne voulait que lui. Et il lui dit oui. Ils se voyaient loin de tout, et surtout des cons. Ils n'étaient que de tristes fous. Il la voulait nue et elle s'offrait. Elle le voulait heureux et de tendres matins leur souriaient. Ils menaient leur petite existence loin de tout et surtout des cons. Ils s'aimaient à la vie à la mort, prêts à tout fronder. Ils avaient tout et même plus. Ils pensaient guérir de ces blessures dont on ne guérit jamais. Ensemble. Ils étaient jumeaux aux ailes froissées. Lui Nephilim. Elle Aladiah. Désespoir. Guérison. Ils chassaient des trésors d'un temps perdu, levaient des doigts insolents, exposaient leurs voluptés. Ils étaient miroirs inversés, étreints comme des damnés. Lui obscurité. Elle aube. Ils s'aimaient à tout cramer. Il était son tout. Elle était sa chance. Uniques. Déclassés.

Elle se rêvait morte. Il la fantasmait endeuillée. Elle s'en foutait d'après. Il préparait son texte amant. Elle disait qu'elle ne se sentait pas concernée. Après c'était la mort, c'était aux autres de gérer. Il préparait carnets, chansons et invités. Elle disait qu'elle n'était pas postérité. Et lui se répétait. Et toutes ses morts hurlaient leur lune noire. Et l'abstinente désavouée abhorre son sang séché. Ce drap usé était sa dernière relique. Blackout. Sold out. Amours bradées. Amours éperdues. Amours suicidées. Sa meute avait craché sa voracité et chaque jour ses os se brisaient sur l'écho de ses morts. Elle s'en foutait d'après.

Ils traversaient des gorges infinies, elle ses mains crispées sur le volant, lui aux contes de grottes et de premiers hommes. La sueur coulait sur leurs tempes. Climatisation à fenêtres ouvertes. Ils s'évadaient vers d'autres ères, vers des cieux glacés, vers une fontaine espérée. Ils allaient s'écrire, et rire, manger parfois, boire tout le temps. Et puis baiser. Baiser à en crever. Ils allaient se repaître de leurs chairs jusqu'au bûcher. Ils écoutaient les ruisseaux et se laissaient glisser le long des algues. Ils s'écrivaient. Elle sur son lit de camp. Lui entouré des pierres à fleur de mur. Ils s'écrivaient puis se racontaient. Se moquaient. Fiers de leurs petites trouvailles et autres assassinats littéraires. Ils oubliaient. Parfois même ceux qu'ils aimaient. Pas toujours gagnants au jeu de l'oubli. Ils gloussaient au café des sports avant de s'épuiser contre le bois d'une antiquité. Ils goûtaient leurs entrailles. En vidaient quelques-unes avec un seau. Ils guérissaient. Créaient. Ils étaient beaux créateurs et créations. Œuvres. Ils se voyaient reclus dans une cabane délabrée, le nez au fond d'un carnet, collectionnant rides et lignes. Seuls au monde dans une cabane à peine rafistolée. C'était beau comme un rêve d'enfant. Puis un matin, il fallut rentrer.

Elle a un petit sac rose de sport piqué à sa fille. Dentifrice. Brosse à dents, Culotte. Chargeur. Survie. Le petit sac rose est bien planqué sous la coiffeuse près du lit. Nuit. Danger. Filer. Vite. Chez l'un ou l'autre. Repli sur un canapé. Au matin, elle replie ses petites affaires dans son petit sac rose. Le matin, c'est calme. Il est là. Tel un éternel repenti. Elle range le petit sac rose sous la coiffeuse comme si rien n'avait été. A l'intérieur, elle saigne de son retour sans rédemption. Espoir. Déception. Quelque part sous la coiffeuse près du lit, le petit sac rose lui rappelle les affres de sa lâcheté.

Il avait joué des mots comme le grand Serge, s'était essayé à l'anticipation de K Dick, avait navigué sur les rimes maritimes de Rimbaud, tenté le chamanisme de Morrison, lu ses textes à plat comme Hanky. Et même pillé quelques gloires locales. Il disait Ella Ethé. Elle finira jamais son bouquin. Presque.

Il avait chanté l'amour. Leurs désamours. Son malamour. Les avait écrits parfois. Et figés sur clichés. Il s'était laissé aimer et le clamait. S'en revendiquait. Amour. Essence de sa vie. Substance de son être. C'est l'amour qui l'entretenait. D'amour et de poésie. Y a plus de vin. Et prends des bières aussi. Presque.

Il voulait s'échapper, être brillant, considéré. Devenir meilleur. Le meilleur. Faire partie de la bonne société. Jeter des noms à l'envolée. Citer l'histoire, les belles lettres et s'en vanter. Quelques bons mots, une joute bien lancée. Erudit en tout, savant en esquive. Gagner en crédibilité. Gagner. Bonne gagneuse. Volontaire et bien disciplinée. Presque.

Il voulait exister loin des cités, de leurs meutes enragées. Avoir du talent. Le prouver, s'affirmer, s'adapter. S'embourgeoiser. Embobiner les érudits. S'inventer. Il affichait sa grise mine et ses dents noires comme des trophées d'une vie à trop morfler. Episode 8, saison 7. HBO c'est des tueurs. C'est l'heure de la sieste. Y a quoi à dîner ? Presque.

Il avait le complexe du presque. Condamné à toujours leur prouver. Abus à perpétuité. Chute avant d'arriver. Il n'avait même pas les couilles de vraiment essayer.

Presque.

Parfois ses orages s'éloignaient et elle s'éclairait. Sa voix cessait de tonner et son cœur chantait. C'était la belle vie comme ils l'avaient rêvée. C'était eux comme ils se voyaient. Et les enfants qui riaient. C'était lui qui l'enchantait et elle qui dansait. C'était le feu et les carnets, les vieux disques et les invités. C'était l'amour et ses péchés. C'était deux enfants qui n'avaient jamais vraiment pu aimer. Elle était sa fée aux étoiles filantes et lui son prince des lumières absentes. Ils chassaient quelques trésors publiés, exposaient leurs transes chaotiques. Se retiraient entre vignes et bois. Ils se faisaient oubliés et enlevaient leurs costumes un peu trop étriqués. Ils avaient le mal du monde et se rêvaient en désertés. La maison aspirait leurs silences, témoin vibrant de leurs dérives de désespérés. La maison se faisait tyran et abritait le bourreau implacable. Le tortionnaire s'éteignait la nuit passée, demandant grâce à peine levé pour ses outrages de déglingué.

Le premier est un commercial en vadrouille. Un gentil gars un peu timide qui débande la capote à peine posée. Alors elle le finit à la bouche. Quelques mots échangés puis retour à l'hôtel. Ils vident ensemble la bouteille qu'il a apportée. Le second, elle l'a oublié. Et les suivants aussi. Leur nom, leur peau. Elle n'a même pas leur numéro. C'est lui le maître de la soirée. Elle se souvient de quelques queues. D'un fou rire quand l'un jouit. De lui qui filme en branlant sa queue efflanquée. Bandaison par procuration. Elle cambre les reins. Elle se fait baiser. Pour lui. Par eux. Par n'importe qui. Elle gémit en rythme et fixe son homme pour pas le blesser. Elle est là même quand c'est un autre qui est en elle. Elle prend la position qu'il lui a expliquée. Pas comme celle d'avant qui l'oubliait. Elle se souvient du flic meurtri. Du militaire aux oreilles décollées. Du coiffeur qui reniflait. Du jeune roux qui aimait les vieilles. Et du petit brun qui tremblait entre ses cuisses en se demandant s'il n'était pas pédé. Elle se souvient du rituel. De ces deux hommes qui sont là pour la baiser, chacun de chaque côté. Des conversations absentes avant d'attaquer. Des shots de rhum. Pour la détendre. Pour pas manquer. De leurs doigts remontés sous sa jupe et de leurs lippes humides sur sa chatte sèche. De ses mains dans son dos pour l'encourager à se pencher. De ses genoux écorchés par le coco élimé. Du canapé aux ADN mélangés. Du téléphone qui capte les regards perdus, les corps entrechoqués, le foutre avalé. Bandaison par procuration. Elle se souvient de sa fierté de voir sa femme se faire baiser.

Tu aimes te faire baiser. Tu aimes ça ? Je t'aime. Je t'aime toi. Tu aimes le sperme ? J'aime t'avaler. Tu veux plus ? Te faire enculer ? Plus de mecs ? Je serai là t'as rien à craindre. Je sais tu vas gérer. Tu seras où toi ? Pas loin. Je serai là. Je te regarderai. Tu es belle quand tu jouis. Je ne jouis pas. Je me donne à toi. Tu mens, tu aimes ça. J'aime que tu me regardes. Je crève de tes regards. J'ai peur que tu te détaches un jour. Tu m'aimes ? Oui je t'aime. Je ne veux pas qu'on se fasse de mal. Je ne veux pas plus de plus. Ta queue me suffit. Tes doigts, ta bouche, tes mots. Je me fous d'eux. C'est toi que je veux. Et quand ils partent il n'y a plus de cris. Tu m'aimes. Tu es apaisé. Peu m'importe les autres. Leurs peaux et leurs bouches me dégoûtent. Ils sont oubliés à peine consommés. Et toi tu es là après, contre moi, et je me sens un peu jolie et peut-être même aimée.

Elle posait ses lèvres un peu trop blanches sur le tanin de ses journées. Il se levait la nuit pour pisser. Pour chier. Pour s'abreuver en secret. Elle ronflait par intermittences. Une petite tape sur l'épaule quand les décibels crevaient. Elle se retournait. Le caressait. Se retournait. Fixait le mur taché.

Elle bloquait tous ses appels. Messages. Mails. L'amour 2.0. Une traque virtuelle, envahissante, infinie. Elle guettait tous ses comptes et fermait les portes les unes après les autres. Des barrières cédaient. D'autres claquaient.

Donne-moi encore une chance.

Des encres s'éparpillent sur des carnets vite entassés. Il les aime noirs et les aligne, datés, bien rangés sur son étagère. Elle les entasse dans une malle pailletée, entre manuscrits corrigés et cadres jamais accrochés. Il grattait aphorismes, bons et mauvais mots, quelques trucs à régler. Elle alternait interviews, textes à jeter ou à conserver, listes de courses pour toute la tripotée. Dans leurs carnets, sombres pensées et joies infimes. Dans leurs carnets, des échos de nuits mouvementées et de journées à rêvasser. Citations pour lui. Purgatoire pour elle. Ensemble ils créaient. Surtout séparément. Rataient souvent. Essayaient encore. Rataient mieux parfois. Comment avaient-ils pu finir par se rater ? Verres à peine trempés.

A la fin, elle sourit triste. Ses yeux sont à l'affût. Traquée. Elle guette le bout des rues, les terrasses des cafés. Elle s'est fait bouffer. Elle a les tripes à l'air et agonise du manque. L'absence criait leurs torts. Et son cœur était déposé à ses pieds. Piétiné. Les routes de ses errances s'échappaient en quelques nuits. De poudre en pansements de synthèse. Eteindre les monstres. Etreindre son propre monstre. Se branler. Taire les douleurs. Cassée.

Cette nuit j'ai rêvé que j'étais une pute. J'étais où moi ? Pas loin. Tu m'avais oubliée. Parti fumer, je crois. Il y avait des hommes qui réclamaient leur tour. Je distribuais des tickets. Tu étais pas loin. J'étais à toi, même si tu m'avais oubliée. Comment t'oublier ? Je ne sais pas. J'avais perdu mes chaussures alors je marchais pieds nus. T'es pas une pute même si tu marches toujours pieds nus. J'en suis bien une. La tienne ou celle d'un autre. J'ai toujours fait que ça, me donner. C'est pas l'amour qui t'a broyée. C'est la violence et la lâcheté. C'est les sursauts d'apprentis amants sublimés. Tu te rappelles tes ailes ? Celles aux stigmates. On s'en fout qu'elles soient tachées, déchirées, déplumées. On s'en fout. T'as vu ce ciel ? Les myriades se sont éteintes. L'aube les a chassées. Le monstre de tes nuits aussi. T'as vu ce ciel ? Même les nuages se sont éclipsés.

La route est longue et n'aspire qu'à se prélasser. Il lui dit on est les gentils. Ils tracent leur route. Un trait, danger. Deux traits, sécurité. Déroutes. Ils avaient bien fait d'attendre. Ils ont fini par s'éteindre. Ils étaient deux vieilles âmes à peine esquissées. Perdus. Ils avaient fait leurs années, en avaient vu des culs tendus et des coups fourrés, des queues dressées et des chattes ouvertes. A peine de quoi se vanter. A peine de quoi se vautrer. Elle essayait d'oublier. Lui pensait qu'un jour il serait.

Elle venait d'un monde un peu trop perché et lui d'un endroit trop bas planté. Elle le voulait tout en haut et il ne demandait qu'à s'élever. Il s'accrochait, elle l'enlaçait. Elle le lassait et il lui reprochait.

T'as pas fini de te la péter ? Je suis qui moi ? Ta pause prolo ?

Il lui reprochait et elle l'enlaçait. Il aurait pu accéder à son monde si la vie lui avait laissé des chances. Il pouvait se fondre dans leur décor qu'il méprisait. Il aurait pu être comme elle. Elle qu'il méprisait.

Tu te crois mieux parce que tu as les codes ? Mais t'es rien. J'existais bien avant toi.

Elle jouait de ses panoplies quand il portait son éternel uniforme de désargenté. Elle avait voyagé, rencontré, réussi. Il avait traversé un département pour se poster à tout jamais. Il avait été le dupe de la vie et elle de lui.

Je suis pas comme vous. Vous me faites rire avec vos postures.

Il la décevait dans ses impostures. Ses chances soi-disant avortées. Ses ratés précipités par la dureté de la vie. Ses blessures infligées par les femmes qu'il avait tant aimées. Elle avait tant abandonné, bien plus qu'il ne le saurait jamais. Il l'admirait et la méprisait.

Tu es ma chance. Tu as du talent. Donne-moi une chance. Apprends-moi.

Elle avait été et serai encore. Il ne serait jamais le fruit de ses espérances jalouses. Il ne l'avait jamais été. Le monde n'était que le rappel de ses faiblesses. Elle l'aimait. Peut-être l'aimait-il aussi. Elle en doutait. Il l'aimait pour ce qu'il n'avait jamais été. Ne serait jamais.

On fait le tour des lieux. C'est beau et délabré. Les murs sont déglingués. Le sol crache des années de poussière. Un peu comme nous. On se tourne autour et on meuble de mots en silence. Et le courant d'air de nos vies est aspiré par notre premier baiser. Maladroit et parfait. Un peu comme nous. Cap ou pas cap. Allez, on peut y aller. Et j'ai une envie folle de te baiser.

Elle ne sortait plus, ne riait plus, n'écrivait plus. Elle en venait à oublier qu'elle pouvait aimer les autres. Elle fuyait. Leurs mots lui échappaient. Et les voix trop fortes, et les gestes trop emportés. Elle fuyait. Elle pliait. Elle s'enterrait, elle s'effondrait. N'importe où, n'importe quand, avec n'importe qui. Se planquait. Il lui arrivait de surgir, son regard assassin bien ancré dans ses yeux éteints. Et les coups du passé pleuvaient. Elle avait posé ses carnets. Il fallait finir ce qui avait été commencé, balayer les passés sans avenir. Elle avait attrapé le feutre noir, repris sa valse fusionnelle avec le papier. Un vieux titre résonnait dans ses tripes. Et des lignes noires trouvaient leur place entre des lignes blanches. L'encre coulait au rythme saccadé de ses sanglots bredouillés. Broyée. Sauf ses danses impétueuses, sauf ses besoins impérieux, entre deux hoquets de sobriété. Sauf qu'elle tenait encore debout. Et existait.

Elle boit ses paroles pendant qu'il vide son grand cru premier prix. Ils n'ont pas les moyens de leurs ambitions mais cultivent de modestes projets. Chaque jour, ils se nourrissent de paroles, de déclarations, de contestations. Ils se désabusent sur fond bleu, militent pour eux-mêmes, d'autres se chargeant déjà de la planète et de l'humanité. Il lui conte la musique et les poètes des siècles passés, l'histoire qui les a menés. Elle lui livre sa vie d'instincts et de simplicité, lui apprend à défaire et à se défaire. Mais il ne laisse jamais vraiment tomber. Contrôle. Entre l'être et le paraître, les postures sont depuis longtemps imposées. Il joue la nonchalance. Elle fait péter l'assurance. Elle provoque. Il convoque. Tristes jumeaux. Que laisseront-ils derrière eux ? Elle s'en fout, les autres sont déjà passés avant eux. Il n'ont rien à inventer. Il se planque derrière son œuvre. Il n'assume rien, même pas sa mort qu'il confie à l'une ou l'autre selon ses humeurs avinées. Elle dit qu'elle s'en fout du bordel qui va rester. Il veut qu'on se souvienne de sa pensée. L'aphorisme est jouissif. Les phrases d'un mot pour elle. Les épanchements vengeurs pour lui. Ellipse. Epopée. Il est son brun, sa quête d'aimer. Elle est sa brune, sa quête de percer. Il est son besoin, elle est sa vanité. Elle est presque aimée. Presque. Il est presque arrivé. Presque.

Tu ouvres tes lèvres écarlates et extrais ton cristal un peu fêlé. Une voix brisée. Un homme. Tu t'offres à mon oreille à étreindre mon âme. Tu arraches mes tripes. Les mots d'un homme. Les maux d'une femme. De ceux qu'on tait. Pare-toi et fais valser tes bleus. Sois une femme. De celles qui se brisent au souffle de ma caresse un peu fêlée. De celles qui résistent aux fournaises. Reste et demain tu entendras d'autres chants et tu te feras de nouveau reine. Un ultime sanglot expire son filet un peu brisé.

Il y a les gens qui passent et se retournent. Et cette voix que je connais. Et la tienne qui couvre tout. Laisse-moi partir. Je veux partir. Il y a les murs de pierres délavées. Et cette main sur mon épaule. Et la tienne qui s'abat encore une fois sur ma mâchoire fracassée. Partir. Laisse-moi partir. Il y a cette femme que je ne vois pas. Et ces regards interloqués. Et le tien qui se plante dans le mien. Partir. Vite. Il y a le silence des siècles. Et des femmes nues sur les murs. Et la tienne que tu continues de briser. Il faut que je parte. Je veux partir. Il y a ta bête traquée qui arpente sa cage démesurée. Et cherche son souffle en crache ton horreur. Et le public détourne les yeux.

Partir. Revenir. Bête dressée.

La nuit, il tombait d'un coup. Il mourait chaque nuit. Et elle laissait ses doigts parcourir son poignet, cueillant le clope fumant au bout de ses doigts. Elle écoutait son souffle et ses ruptures. Elle comptait les secondes, redoutait les minutes. Et soudain il revenait à la vie dans un râle encombré par des années à fumer. Elle comptait les échos de sa vie sur ses veines bleutées, attendait qu'il ressuscite. Reviens. Me laisse pas. Elle le laissait s'échapper dans ses brumes tourmentées et trouvait le repos quand il avait sombré. Elle passait des caresses dans ses cheveux et déposait un baiser léger sur son épaule. Elle voulait éloigner les cauchemars qui le troublaient. Elle attendait l'aube bleutée. Pour oublier. Le matin, il n'était armé que de son seul sourire d'enfant. Il était pur alors. Elle crevait de revoir ce sourire. Elle pleurait doucement pour ne pas le déranger. Et le caressait pour apaiser ses nuits asphyxiées. Elle crevait de l'aimer. Elle crevait d'être son aimée. Elle écoutait sa ritournelle. Elle l'aimait avant que son cœur n'ait explosé. Elle se disait qu'aujourd'hui tout irait bien.

Sors de ma vie. Laisse-moi guérir. Tu es partout. Tout le temps. Dans ce genou qui ne me porte plus. Rien ne te suffit. Arrête. Tu es partout. A la terrasse d'un bar. Et ton regard qui provoque. Et tes messages. Tout le temps. Partout. Et tes insultes qui fusent. Et tes mensonges qui rongent. Et cette marque noire au milieu du dos qui rappelle une larme. Et les gens qui posent des questions. Il est où ? Partout. Tout le temps. Et le temps qui efface les douleurs. Et cette promesse livide à laquelle je ne crois pas. Et mes lunettes noires chaussées pour guetter et fuir ta traque. Et ma vision troublée par les reflux du passé. Encore ce matin, je ne croyais pas à aujourd'hui. Demain m'a toujours terrifiée. Alors j'efface les croix sur le mur de mes atrocités. Une à une. Six cents croix, et quelques-unes oubliées. La plupart à jamais gravées dans mon mur encrassé. C'est quand demain ? A l'aube de ma douleur incrustée. Je boîte de toi. Je boîte de nous. De ceux que nous ne serons jamais.

Vous êtes en danger ? Non. Je sais pas. Vous êtes seule ? Oui. J'ai mal. Vous êtes blessée ? Oui. On va appeler les secours. Non. Où avez-vous mal ? Partout. Il m'a cassée. Partout. Vous êtes blessée ? Il est encore là ? Non. Il ne reviendra plus je crois. Il a les clés ? Non. N'ouvrez plus. Je veux juste faire partir la douleur. Où avez-vous mal ? Partout. Je suis brisée.

Je veux comprendre. Quoi ? Pourquoi. Pourquoi ? Pourquoi il nous a fait ça ? Que s'est-il passé ? Vous savez. Non, je ne sais pas. Dites-moi. Je ne veux pas. Je ne peux pas.

Pourquoi ils font ça ? Pourquoi ? Je veux juste qu'il me dise. Vous savez ? Non, je ne sais pas. Il ne faut pas chercher les raisons parfois. C'est moi. C'est ma faute. Non, personne n'a le droit de faire ça. C'est puni par la loi. Si, je suis folle. Je l'ai laissé. Vous l'avez laissé ? Me faire ça. Quoi ? Nous tuer.

Je veux que ça s'arrête. Quoi ? Tout. Nous pouvons vous aider. Il est parti. Je lui ai demandé. Vous êtes seule ? Oui. De quoi avez-vous peur ? De tout. Pourquoi ? Je l'ai perdu. Nous sommes morts. Vous êtes en vie. Ils ne savent pas. Quoi ? Cet amour.

Le pire n'est pas de ne plus t'aimer. Le pire c'est de t'aimer. Le pire c'est d'être une d'elles. Tu sais, celles-là qui finissent par tuer à force de crever. Le pire c'est ce monde si fade sans toi à mes côtés. Le pire c'est de ne plus sentir tes lèvres sur mon épaule. Le pire c'est ma main orpheline les jours de soleil. Le pire c'est la tiédeur de ma peau à la rencontre d'autres corps. Le pire c'est la fin de ma musicalité. Le pire c'est la poésie assassinée. Et nos amours suicidées. Le pire c'est l'éternelle douleur. Le pire c'est pas le bourreau mais la victime. Le pire c'est d'accepter.

La nuit, elle dormait, lisait, défaisait son monde, lisait, hurlait ses angoisses, chahutait, faisait des roues. La nuit, elle était la fille qui danse dans les fontaines. Elle faisait l'amour, baisait des lèvres, suçait des queues, embrasait des corps, achevait le sien. Trompait sa mort et celle de ses échos. La nuit, elle courait les rues, fonçait dans des voies sans issue, traçait des lignes éperdues, assommait ses délires. La nuit, elle arrêtait le temps, tournoyait des journées trop peu chargées, s'enfonçait dans ses faussetés, refusait de se réveiller. La nuit elle les attendait, crevait de leurs amours marquées, préparait des retours retardés, trichait dans sa vie déréglée. La nuit, elle l'endormait du bout des doigts, écoutait la vigne et le chant des bois. La nuit, les yeux se faisaient fixes et les moues bien trop appuyées. Elle évitait les mains et les pieds lancés. Hurlait à tympans crevés. La nuit, j'ai peur.

Il est tard et tu n'es pas rentré. Je t'attends.
Il est tard et la nuit est tombée. Et bientôt c'est ta nuit va qui tomber.

Les graviers crissent dans l'allée tant dis que son pouls chavire.

Tes yeux. Tes lèvres. Ton pas. Sombres. Serrées. Bancales.

Elle attend yeux baissés. Ne pas se faire remarquer. Ne pas répliquer.

Tu te souviens quand on riait ? Maintenant même les étoiles nous narguent.

Je soussignée Docteur X, docteur en médecine, certifie avoir examiné à sa demande une personne qui déclare avoir été victime d'une agression à 5 h du matin.
A l'examen clinique, elle présente :
Genou droit, deux excoriations de forme ronde de 3 cm de diamètre ;
Genou gauche, une déviation assortie d'un hématome volumineux, possible entorses multiples ;
Cheville droite, excoriations en ligne multiples ;
Tibia droit hématome de 4 cm de longueur, 2 cm de largeur ;
Tibia gauche, plusieurs hématomes de tailles différentes face antérieure ;
Coude droit, hématomes multiples ;
Hypocondre gauche excoriations en ligne ;
Pouce droit, excoriations, possible entorse ;
Coude gauche, excoriations ;
Bras gauche, face antérieure, hématome de 20 cm,
Cinquième doigt gauche face antérieure, hématome ;
Racine du nez, douleur ;
Menton, douleur ;
Mâchoire inférieure, douleur, possible déviation due à un hématome ;
Crâne, hématomes multiples sous-cutanés ;

Hématome dorsal gauche volumineux avec perte de substance et excoriations ;
Fesse gauche, excoriation de 15 cm de long ;
Poitrine, petites excoriations péri-mamelonnaires externes.

Les porte-bagages accueillaient son fessier au petit jour. Elle hurlait comme la meute de louves qui la possédait. Le vélo grinçait et les roues encaissait la charge gesticulante de ces corps en bout de nuit. Elle courait nus pieds, puis enlaçait son dos de ses cuisses, son cul alangui d'une jouissance promise. Elle égarait des lettres, des cigarettes et quelques pensées, riait fort et badinait langoureusement. Elle cumulait les mandats avec addiction et sans prolongation. S'agrippait en bord de gouffre du désamour. Elle goûtait des chairs. A toute heure. A tous les étages. Elle affichait ses jambes, ses seins, ses lèvres et planquait ses yeux de traquée. Elle filait sa toile. Elle agonisait ses peurs à coup de shots. A coup de queues. Anesthésiait son deuil d'amours de détraquée. Elle faisait son grand manège d'amante orpheline. Désirait tout renouer. Puis dénouait. Elle se faisait créature à branler, à se branler, fontaine à s'abreuver.

Une trace sur le sol. Comme sur sa cuisse. Les pneus sur l'asphalte et son corps qui porte un sceau qui finira bien par s'effacer. Tout passe. C'est ce qu'elle dit toujours. Tout passe. Surtout les bleus. Elle nettoie le sol. Et puis les murs. L'escalier. Abandonne ce projet. Les traces restent même si le reste est passé. Ses orages grondent. Elle plisse les yeux. Il y a son sourire de haine et ses crachats de mépris. Elle fait un pas de côté. Le géant occulte sa volonté. Sourire de haine et crachats de mépris. Les mots se mélangent. Son crâne s'est brisé. Tout passe même les bosses. Elle piétine à sa portée. Son salut à quelques pas. Tout a disparu. Même ses chaussures, même les clés, même la porte. Elle sait sa haine alcoolisée. Elle sait qu'il faut reculer. Elle chuchote et finit par tout lâcher.

Il se disait amour et poésie. Elle ne vivait qu'au fil de sa passion. Ils tombaient dans un puits d'abîme auquel aucun ne savait résister. Le stupre les saisissait et les liait.

Tu m'aimes ? Silence.

Il refusait la passion et elle ne savait y résister. Il était incapable d'abandon. Sauf des autres qu'il ne cessait de mépriser. Il disait je t'aime comme d'autres disent je vais te baiser. Son masque de cendres recouvrait ses élans enflammés. Il n'était qu'un brouillon de ceux qu'il admirait. Un pauvre presque qui n'y arriverait jamais. Il haïssait les riches qui avaient. Et les pauvres qu'il avait été.

Tu m'aimes ? Tourne-toi.

Elle cherchait l'île à laquelle se rattacher. Il n'était plus de ce monde et encrassait le sien. Il dégueulait ses complexes bouseux embourgeoisé. Il mimait l'amour puis détruisait. Elle s'abandonnait à don dogme, courbant l'échine comme sa chienne. Elle se voulait résurrection de ses terres brûlées.

Devenait l'ombre de ses psychoses chamboulées.

Je t'aime. Encule-moi.

Ils écrivaient à tour de rôle. Elle comme une flèche, lui sans jamais trop se presser. Il cherchait le mot juste quand elle le sentait. Il lui apprenait à intellectualiser et elle le balayait d'un retour de vers. Il voulait écrire avec elle, écrire sur eux, et surtout sur lui. Ils 'écrivaient et se flattaient. Elle envoyait des rafales. Il déroulait ses diatribes. Ils comptaient les pieds, ignoraient les apartés. Elle se foutait de son âme de marin, de ses postures adolescentes et de son âme de vengeur démasqué. Il râlait de ses libertés, de sa moquerie et de ses poses d'amoureuse offensée. Leurs rires viraient leur mauvaise foi. Ils se pardonnaient.

Il reprit ses carnets oubliés. Quelques journaux intimes livraient ses faits les plus avérés, surtout ses cacas de la journée. Il écrivait tout, même ce qu'il avait chié. A chier.

Elle remplissait des pages à la criée. Désossait son âme et dévoilait plus qu'elle ne voulait en montrer.

Il disait tu dois penser à tes lecteurs. Elle lui faisait un doigt et disait je m'en branle des lecteurs. Ils ne sont obligés à rien. Surtout pas à me lire. J'écris comme ça. J'écris pour moi. Les autres sont trop à penser. Je m'en fous d'être ou paraître. C'est eux, pas moi. J'écris et le reste suivra.

Elle était à l'os. Il était à plat. Il se voulait vieux poète alcoolisé. Il se voulait troubadour. Il se voulait conteur. Il se voulait chroniqueur. Il se voulait mais personne ne l'attendait. D'autres l'avaient déjà fait. Elle le lisait, coupait, articulait, maniait ses mots pour leur apporter un chant rythmé.

Tu te prends pour qui ? T'écris depuis quand ? J'ai fait ça toute ma vie. T'es qu'une salope arrogante.

Elle laissait couler et c'est son encre qui finissait par être imprimée. Elle poursuivait ses délectations narcissiques et éditait celles de son poète arythmique. Elle allait vite. Il peinait à se purger.

Quand vint la fin, le médiocre se fit sublime en plagiat où il était question de textes transformés par le sel d'une autre main. Le vol de plume qualifiée fut salué par quelques âmes affalés en fond de bar. Et avant qu'ils ne disparaissent, il était passé de la posture à l'imposture. Et était déjà oublié.

Elle se demandait parfois si son dernier premier baiser aurait une saveur reconnaissable. Es-tu mon dernier premier baiser ? Ton goût me plaît. J'aime ta bouche. Parfois elle se pare de ce sourire d'enfant que seule moi perçois. Tu sais, ce sourire comme sur la photo de notre première nuit ?

Dans ses nuits blanches, elle collectionnait les premiers baisers avant d'asséner les derniers.

Lequel ? Quelles seront les lèvres qui étancheront ma soif. J'aime ta bouche quand elle s'entrouvre avant que tu ne jouisses. J'aime baiser ta bouche et que tu me cueilles en fond de gorge.

Elle se complaisait à fêter de sordides anniversaires, se glissait dans une prison dont elle s'était échappée. Elle guettait. Partout. Fendait la foule, se tordait les chevilles, s'intoxiquait. Elle fuyait l'amour et les actes manqués, les images délitées, les corps brusqués. Fuir. Elle se jetait dans sa gueule et hurlait son absence. Il n'était même pas là pour la dépecer.

Loup, y es-tu ?

Elle le sentait pas loin. Elle riait à gorge déployée, ses yeux traquant sa carcasse désenchantée. Elle taisait sa douleur. A qui parler ? Y avait personne avant. Y a personne maintenant. Rien n'a changé. Sa chute intime ne voulait plus s'exprimer.

Loup, que fais-tu ?

Elle cravachait la vie pour dépasser les souffles désexquis, les sons indicibles, les cicatrices écorchées. Elle suivait son chemin comme on le lui avait dicté. Elle se dessinait. Elle le décimait. Elle tentait d'abandonner ses désespoirs.

Loup, je t'ai trouvé.

Les étoiles lui manquaient. Ne sois pas triste. On les retrouve partout. Elles ont cessé. Comment est-ce possible ? Là-bas, on les voyait mieux. On pouvait voyager. J'aurais pu faire ce voyage. J'aurais dû le faire. Tu es mon étoile. Là-bas, j'étais lumineuse. Et je dansais comme avant dans les fontaines. Maintenant je ne fais que trébucher. Je te vois. Tu as juste chassé l'absence.

20h59. Il gît dans ses brumes anisées. Elle allume l'ordinateur.

Début de l'enregistrement. 21h42. T'es qu'une conne. Elle pleure. 21h43. Va te faire lécher la chatte. Elle pleure. 21h44. Je suis dans une merde incroyable et tu viens me faire chier. Elle pleure. 21h45. Arrête tes larmes. Va sucer la queue à Olive. Elle pleure. 21h46. Ah ouais tu sais écrire ? Fais-toi lécher le cul. Elle pleure. 21h47. T'es une putain de connasse que j'aime et qui fait que me jeter. Elle pleure. 21h48. Cherche pas des raisons pour te justifier. T'es qu'une grosse conne qui se la pète. Elle pleure. 21h49. T'as pas de couilles. Je t'emmerde. Elle pleure. 21h50. Va à la gendarmerie. T'es complètement jetée. Elle pleure. 21h51. T'es qu'une merde. Tu fais aucun effort. J'en ai rien à branler de ta gueule. Elle pleure. 21h52. Ta vie c'est de la merde. T'es folle. Elle pleure. 21h53. Je vais aller baiser ailleurs. J'en peux plus de ta gueule. 21h54. Et quand je fais ça je te frappe ? Hein ? Et là je te frappe ? Elle encaisse. 21h55. T'as du mépris pour tout le monde. Pas étonnant que t'en sois là. Elle pleure. 21h56. T'es un putain de tyran. Continue à faire tes pâtes à la merde. Elle pleure. 21h57. T'es complètement jetée. Tout le monde le sait. Silence. Il claque la porte, jette les clés, titube jusqu'à l'arrêt du tram.

Fin de l'enregistrement. 22h00. Elle rentre.

Tu te souviens, c'était janvier, l'hiver se nichait et on l'a délogé. Tu te souviens, j'avais trois pulls et t'avais même pas l'air de te les peler. C'était janvier et on s'est aimés. T'étais mon double et moi le tien. Tu étais beau et je me suis sentie jolie. Ta voix était chaude et ma peau brûlait. Tu te souviens, c'était février, mon cœur mourait et mon corps suivait. Les tiens avaient déjà bien trop morflé. On s'écrivait de découverte en félicité. Et on s'aimait tels de vieux amants retrouvés. Tu souriais et je riais. Tu parlais et j'écrivais. On avait une vie qui s'annonçait. Tu te souviens, c'était mars et le souffle du dragon nous a scellés. J'étais offerte, tu étais condamné. On se découvrait et on créait. On léchait nos plaies et on guérissait. Et l'été a fini par nous transporter. Libres et assortis. Confiants et sereins. Tu te souviens, c'était novembre, quelques gros bras musclés et les miens un peu efflanqués. L'avenir, deux clés. Le feu dans le poêle, la braise sous nos peaux. A la vie, à la mort, sauf que le sang n'avait pas encore coulé. Et la mort de nous. Miroir brisé. Tu criais et je pleurais. Tu te souviens, l'hiver passa et le soleil nous caressa. Jusqu'à cramer. Tu te souviens, c'était mai, et puis juin, et puis juillet. Des verres jetés, des coups donnés. Les cris, les insultes, les pleurs, les meubles brisés. Et ta main qui s'abat sans fin, et tes poings qui m'écrasent, et tes pieds qui frappent, et ma tête qui tape. Tu te souviens ? C'était la fin de ce que nous avions été.

Les Ephémères

A l'ombre de leurs âmes passent les inlassables plaintes d'anciens amants classés sans suite. Sur leurs peaux ruissellent mille et une incertitudes en poursuite. Corps effondrés. Chairs amoindries. Ils s'exhibent au rythme de leurs nuits illicites. Abruptes trames de vies en chaîne. Chacun s'échappe à coups de beats. C'est loin le rêve pour y céder. La tentation effleure leurs bouches. Mensonges vains en bout de route. Fétus de paille. Poussières millénaires. Ils s'oublient en bataille, s'enfilant les lignes blanches accouchées du bitume en feu. Paysages stériles. Cercueils de terre. Un vieux cimetière de fleurs entôlées. Les tombes fanent au son du glas des indociles. Larmes en sillons boueux s'entortillent en horizons funèbres.

Ils sont beaux. Presque jeunes. Pas vraiment vieux. Ils partent. Enfin deux. Réunis et éphémères.

Ils taillent la route comme elle taille des pipes. Indolente chatte en langue enroulée. Une pause toutes les deux heures. Sécurité. Pas une n'est manquée. Désir au fond des tripes. Les yeux plantés vers leurs envies. Sans but, en infinis, les éphémères s'offrent en pauses sensuelles. Souffles et grognements. Soupirs de stupre. Sursauts et spasmes fébriles. Sueurs enchâssées. Donne-toi. Suis ma voix, suis mes voix. Tu es si rauque. Ton parfum m'emporte. Le soleil t'a frappé de son empreinte, mon brun. Stigmates embrasés. Tes yeux brûlent comme la route sous mes pieds. Regarde droit. Ne faiblis pas. Accélère. Oui, avale l'asphalte. Et prends-moi. Loin. Oublie, bébé. Déroule-toi. Lâche !

Il est temps de repartir. La nuit aspire les éphémères vers ses attentions absentes.

Ils taillent la route sans espoir de la trouver et se perdent sans chercher. Oubliés. De tous. Et d'eux-mêmes. Avis sans recherche. Les éphémères sont libérés. Effacés. Reset sans trace. Vieux disques en boucle un peu rayés. Tu étais qui avant ? Personne. Et toi ? Je ne sais plus. Elle a dû aimer avant. Il a dû essayer avant. N'en ont plus rien à foutre. Les éphémères ont décampé. Loin. Des rêves des autres. Et même des leurs. Détachés. De leurs destins préprogrammés. La route s'offre à leur déroute. Muse de fantasmes sans attente. Désentravée et insoumise, la route étend clôtures et murs. Sans retenue. Les éphémères s'inventent à chaque borne. Suis le panneau. Pourquoi ? Quelle importance ? Virage à gauche.

Les violettes du fossé effacent leurs réticences. Les éphémères avancent sans conséquence.

Depuis quand roulent-ils ? Les jours défilent sans décompte. Les ventres grondent leurs appétits. Les chairs tendent leurs appétences. Les paupières rasent leurs insomnies. Il est quelle heure ? Lève les yeux. Elle tente de décrypter le songe des cieux. L'horloge en feu joue les fantômes. J'y connais rien en astronomie. Tu es une étoile. Les nuits t'appartiennent. Apprends-moi l'obscurité. Ils chassent les heures. Personne ne les attend. Les éphémères taillent la route sans grande aiguille. Les cadrans tournent en milliers d'instants enlacés. Le temps les charme en pas chassés. La fin est proche. Arrête, bébé. Ralentis. Pas pressés d'arriver.

Le quartz indique 0 : 00. Les éphémères ont mis le temps chaos.

Les flashs claquent leurs décadences. Les éphémères se rendent immortels, sans clichés. Boudeuse taquine. Maudit poète. Arrête de rire. Images ratées. Images floutées. Les insoumis sont évaporés. T'es belle, mon ange. Laisse-moi bouffer. Scènes d'affamés. Sourcils braqués. Tu fais chier. Encore. En corps. Ratés. Les images fixent. Leurs vies. L'errance. Sur la route, les éphémères capturent leur essence. Amants en fugue. Cinéma d'échappées. Silhouettes grandissent et rétrécissent. L'existence. Ils s'articulent sur pellicule. Soleils noirs sur fond blanc. Feux lointains. Peaux sous télescope. Sans entourloupe. Les éphémères taillent la route sans postures. A toute allure. Pose. Là ? Danse. Comme ça ? Ferme les yeux. Abandonne-toi.

Poils dressés. Comme ma bite. T'es con. Je sais. Les éphémères avalent la pause.

Le vent frôle leurs pouces arrogants. Sans freins ni ennui, les éphémères résistent aux feux de la route. Traverses agonisantes. Voies ferrées trépassées. Allonge-toi. Entends le silence des morts. Le métal résonne épuisé de ces passages sans arrêt. La terre soulève des brises d'exuvies tombées sous le coup du temps. Ailes brisées, mues achevées, os décarcassés. Les restes s'envolent dans le hurlement des wagons sinistres. Les éphémères écoutent leur implacable Cassandre. Et taisent ses mots sans trembler. Reprennent la route sans flancher. Les pouces s'épuisent, les mains s'animent. Dos à la route, ils avancent à reculons en évitant les concessions. Torses nus, jambes cadencées, jumeaux adoptés, les éphémères croisent les phares sans cligner. On va marcher longtemps ? Jusqu'au bout. C'est où le bout ? On verra bien.

Le pneu crevé est regonflé. Les éphémères s'engouffrent dans le tunnel.

Ils taillent la route et se prélassent. En courtes nuits et longs réveils. Sans se quitter, les éphémères se mirent dans leurs iris sombres comme l'après. Ils taisent leurs angoisses et baisent leur paix. S'extasient en draps froissés et élixirs fumants. Les éphémères s'enivrent des plaisirs asservis de leurs peaux. Les doigts cherchent la route secrète de leur délivrance. Invités en tout lieu. Bouches entrouvertes, les langues dégustent les saveurs salées de délices promis. Les yeux clos devinent les urgences à sombrer. Mets épicés par leurs absences, les chairs se frondent sans réticence. En corps, ils plongent pour exaucer la trêve de leur voyage démesuré. Les éphémères se savent à l'instinct et taillent la route de leurs festins. Encore. Toujours. Tout le temps. L'envie aux reins. Lui carnassier. Elle enchaînée. Libère-moi. Laisse-toi aller. Regarde-moi.

La fin est proche. Les éphémères repoussent leur fatalité.

Sur la route, les souffrances perdent en substance. La ligne se brise et puis reprend. Suivre la route. Puis bifurquer. Les éphémères s'allongent dans les herbes folles. Pourquoi tu cries ? Une sauterelle. Voisinage végétal. Insectes en colocation. Elle sursaute au moindre bruit, tentant en vain de garder la face. Il joue au sauveur de damoiselle, la protégeant des importuns à grands bras raccourcis. Et puis s'agace. C'est rien. C'est nul la nature. Non. C'est rien. Comme nous. Les éphémères taillent la route inexploitée de leurs peurs futiles, repoussant les frontières indéchiffrables de leurs terreurs inutiles. Enfants passés, ils donnent l'alerte de frémissements insoupçonnés. Coléoptères bariolés, fourmis ailées et bourdons bedonnants. Témoins vibrants de leurs embrassements hirsutes. Les éphémères déploient les pétales de leurs spectres caressés par un lit paillé. Un peu. Seulement ? On peut tant. Beaucoup. C'est pas assez. Passionnément. Les passions meurent. Pas nous. On y viendra. A la folie.

Ce sont les autres les fous. Tais-toi ! Arrête-toi là. Pas du tout nous est impossible.

Les éphémères font la bête à deux dos sur le tapis de leurs abandons.

Les éphémères taillent la route en embardées. Sans foi ni fuite ils se font sommaires de chemins dégagés. Petits points imperceptibles dans le désert des déliquescences, ils trouvent leur quête sans bombes ni sang. En roi, en reine, leur royaume s'ignore de tous. Ce que roi veut. Ce que reine veut. Ils découvrent au gré d'une butte un rivage dévoré de siècles de houle. Rescapés de fortune, de l'aube au crépuscule, ils jettent à terre tissus et apparats. Les éphémères sur la corniche guettent les voiliers et les dévient. C'est quelle mer ? L'incertitude ? Les flots les narguent en insolentes débarquées, frappant la roche juste à leurs pieds. J'ai froid. C'est gelé la mer. C'est pas la Méditerranée. Toutes les mers se valent, chérie. C'est l'appel de leurs tréfonds que tu sens. Elle grelotte sa sirène. Il a des nœuds au cœur son pirate. Tendres silhouettes échouées s'enlacent sans vagues et se voient chavirer. Plus près, bébé. Vertige. Accroche-toi. Je suis là. Pas à pas, le roc les entraîne dans ses sombres émois.

Les éphémères taillent dans la pierre leur persistance à résister.

Ils choisissent leur route en variations inconstantes. Bouquets d'épines et arbres tordus trouvent en eux un dernier refuge. Ronces cruelles et troncs creusés leur offrent gite quand vient la pause. J'ai mal aux fesses. Faut manger, bébé, te rembourrer. Le bois est dur pour l'épiderme mais l'écorce de leurs êtres s'attendrit quand ils s'arrêtent. T'es beau, mon ange. Je suis fini. La route est longue. Pour l'instant. Oui. Cueilleurs aspirants, les éphémères décrochent des baies et les recrachent, les lèvres bleutées. Acidité précoce. Pourriture tardive. Au petit bonheur, pas de chance. Toi la première. Non, toi d'abord. Mauviette. Tortionnaire. Ils s'aiment en goûtant des fruits loin des péchés, bien camouflés dans leurs temples forestiers. Elle s'en fout de ce qu'elle mange. Lui aime la voir cracher.

Leurs estomacs criant famine les ramènent toujours au bord de la route. Les éphémères cherchent ripaille et s'apaisent en cœurs de mousse.

Ils foncent sur cette route cahin-caha, la peur en flèche, feu au plancher. Plus vite. Plus vite. Encore plus vite. Chasse la brume. Chasse les ombres. Fantômes aux trousses, les éphémères s'évadent de leurs entraves sans jamais regretter. Il te manque quoi ? Rien, je t'ai toi. Pareil. Fonce, bébé. Les éphémères ne craignent rien. Deux anges aux ailes décrochées poursuivent leur route sans se soucier de leurs doutes trépassés. A y penser, ils veulent tout. Pas le médiocre, pas l'ordinaire. A part le vin. Mais ça le rend chagrin. Sans réfléchir, ils s'aiment en tout. Pas en médiocres, ni en ordinaires. Etrangers hier, âmes sœurs aujourd'hui, les éphémères crissent des pneus à toute gomme. Un sanglier ? C'est quoi ce merdier ? Pas vu, pas pris. Pas passé loin.

Pieds aux pédales, la bave au cœur, les éphémères battent la campagne.

Nuits et matins les cueillent en assassins au bord d'un chemin. Tu dors ? Oui. Passe-moi le volant. Non. Usés, brisés, ballotés, les éphémères doivent faire halte. Inconscients, ils sombrent en absolus abandonnés derrière le volant. Ronflent et gémissent en corps cassés par leurs années à perte d'aimer. Amoureux sans retour, allers simples, les éphémères s'agitent dans des songes obscurs qu'ils préfèrent taire quand ils renaissent. Abysses solitaires, meurtrissures masturbatoires, à nul se partagent. Battements de cils, ils se retrouvent et voient la route offerte comme une femme. Mots doux et récits de nuit s'embrassent en pudeurs préservées. Gestes tendres et caresses serviles, les éphémères finissent de s'apaiser.

En bout de route, y a plus de lutte. Les éphémères plongent ensemble sans vertige.

Ils taillent la route en pauvres hères, ont tout lâché jusqu'au moindre sanglot. Cette route les mène vers un après, séduisant et terrifiant inconnu, mais sans fléchir. Plus de factures. Plus de famille. Plus de boulot. Plus d'habits. Ils te manquent ? Non. Je vais mieux. Se dépouiller c'est s'enrichir. Avant elle avait un mari. Et lui une femme. Avant ils avaient des enfants. Et puis des frères, des sœurs et des cousins. Avant ils étaient nombreux et occupés, terrassés par leurs contraintes et leurs désillusions, emprisonnés par leurs désirs frustrés et leurs déceptions. Avant ils étaient nombreux. Et seuls. Avant ils s'abimaient et se perdaient. Les éphémères se sont trouvés et taillent la route en échos épuisés. Tu as peur ? Jamais. Elle le brave. Il tient bon. T'es forte, bébé. Reste avec moi.

De loin en loin, leurs routes s'effacent en enfouissant tous leurs démons. Jour après jour, dans les poubelles, les éphémères entassent leurs interdits.

Perdus en route, les éphémères ont choisi un voyage à l'encre de leurs nuits évaporées. Ils taillent cette route dans l'œil de leur cyclone. Inspirent, expirent, aspirent, transpirent. En danses veloutées, pupilles creusées, ils lancent leurs corps en corolle. Leurs mains se serrent alors que la frénésie les gagne. Elle abandonne sa tête en déclin et lui l'entraîne dans son orgie. Tourne, bébé, tourne. Son rire transperce en cri heureux alors que la toupie des enfants d'antan balance au loin les fleurs fanées. Les pieds s'élancent dans l'ivresse, foulant une terre fatiguée de mille pluies. Mains dans les mains, les éphémères se retiennent de basculer. Tourne, bébé, tourne. Mains dans les mains, les éphémères s'entraînent sans se bousculer. Dans cette valse sans cavalier, les corps s'acharnent à exister. Stop !

La tête tourne, l'esprit grisé. Les éphémères retombent à bout de souffle, juste embrumés, au son des blés.

Ils taillent les trottoirs les yeux baissés, las de voir toutes ces armées d'atomes en ordre et bien castés. Les éphémères rongent leur frein, avalés par les groupes pressés, heurtés par les carcasses à consommer. Ils lèvent les yeux puis les abaissent, mettant le voile sur cette détresse. Stérilité d'êtres infertiles. Vacuité de quêtes stériles. Les éphémères font une pause à la recherche de leur symbiose. Viens sous le porche. Retrousse ma jupe. A l'orée du corps, font la défroque. Et récupèrent quelques minutes. Café, tabac, et puis des heures. Etudient les embouteillages de dépouilles qui errent sur le bitume guidées par les néons des vitrines. C'était nous ? Jamais. Ça me file le cafard. Faut pas. Faut les laisser.

Au bistrot, les âmes poussent les décombres de jours sans lendemain à coups de Picon-bière. Les éphémères miment les autres, en assoiffés de liberté.

Bagnole, carnets et leurs promesses, les éphémères voyagent léger. Ils taillent leur route sans s'épargner. Tu y crois ? Non. Moi non plus. Continue alors. Quelle est leur soif ? Même eux l'ignorent. Même sur la route, les yeux se taisent laissant leur fin aux osselets. Feu rouge. Accélère. Rien ne les stoppe dans la course, pas même les phares qui les aveuglent. Rien ne les ralentit sur cette route, les éphémères sont en roquette, libres aimants, sombres squelettes. Prioritaires d'un titre à circuler, les insoumis laissent libre cours à leur infirme déroute.

Ils creusent leurs enclins sans prise sur leur amour en fuite. Les éphémères fuguent tout-terrain.

Contre la montre, leur course s'affole sur une route en réminiscences. Les éphémères passent leur tour sans un regard, cap vers demain. Regarde loin. Vers où, bébé ? Tout droit, plus loin. Vers nos baisers. Leur cheminement à contresens bat les pavés en sens unique. Elle pense à quoi ? Devine. Elle souffre ? On s'en fout. Elle n'est qu'une ombre croisée au détour d'une rue. Allons, flânons sur les expectatives de ce monde vicié. Allons, parcourons les récits de contes en vadrouille où les légendes se terrent dans les chimères. Gargouilles et monstres croisent leur route. Sans apparence, leurs pleurs s'égouttent. Les éphémères cèdent au passeur une piécette pour leur trajet en bout de quai. Grimpe sur la barque. J'ai la nausée. Ça tangue. T'inquiète, bébé. Tes illusions sont en train de sombrer.

Loin de la rive des simulacres, les éphémères enterrent leurs certitudes.

Sur la chaussée, les trésors se dévoilent, des riens oubliés, des étapes passées, des silences rejetés. Une vis, un clou. Les pouces se lèvent. Papier ou pièce, les soifs se taisent. Les éphémères cueillent et chassent les trésors désabusés des autres. Ils n'en veulent plus et les vomissent. La nouveauté est plus séductrice. Toujours plus. Tout ça pour rien. Les éphémères les débarrassent de leurs excès, en essentiel et sans limite. Ils cherchent la piste du néant, non loin des sentes, messagers du vent. Sur les artères de leurs envolées, la myrte se mêle à leurs saignées. Je dérive. Arrime-moi. Non, je te rime. Plonge avec moi. Les vérités serviles se sont détruites au fil des pauses, jouissances en marche.

Trafic clandestin d'âmes dérobées, les éphémères taillent leur butin.

En vain, sans fin, les hommes se perdent et reproduisent leur maigre misère. Les éphémères sans cesse évitent les tromperies cafardeuses et tragédies successives. On va laisser quoi ? Nos vies, bébé. Elles valent rien. Et même moins. Les traditions inclinent les êtres en tristes putes qui courbent l'échine vers des hérédités hasardeuses et sans satisfaction. Les éphémères sans leur boussole imposent la contagion de leur stérilité forcée. Les maladies du corps n'ont guère de prise sur les douceurs exquises de leurs esprits outragés. Car sur la route, les peurs se lâchent dans un massif ou un buisson. Car sur la route, les cailloux crachent leur misère en chocs de roues. Car sur la route, les bêtes s'écrasent et disparaissent d'un coup de flaque.

Dans leur trajet, les éphémères restent infertiles, cracheurs de mots, gorgés d'exil.

Les éphémères réclament la chair. Les corps se goûtent, les mets apaisent. Gargantuas, ils attendent l'heure de la becquetance, tâtent leur viande et hument l'air. Dans leur sillage, les cènes défilent, plaisirs charnels, paix intestines. Je mange sans faim. Non bébé, c'est la torpeur du monde qui nous régurgite. Sans fin. Quand les routiers hésitent, les éphémères choisissent leur chère. Sombres esthètes de la découpe, ils testent, pinaillent, jouent aux critiques. L'alliance des fumets les laisse muets. Un relent d'iode emporte la sentinelle sur l'île d'infortune qu'ils ont élue pour dernière étape de leur voyage impromptu. Très loin en bouche, ils trouvent l'avenue de leurs plaisirs inassouvis. Très fort en langue, près du palais, se sont bâtis des rêves d'après.

Fluide passagère, la chair apporte des répits aux éphémères, frêles gourmets.

Les étoiles naissent au bout d'un sentier, sublime myriade d'anges disséminés. Les éphémères chinent dans les cieux des sœurs, des frères, quelques adieux. Mais qui sont-elles ? Les lumières de nos absences. Comment naissent-elles ? Chut. Donne-moi ta nuit. Les éphémères scrutent les étoiles et s'improvisent en voie lactée. Battent le rappel de ces destinées qui tout comme eux ont tout abandonné. Bientôt c'est nous. Faut juste trouver notre route. Soulève tes peines et sois léger. Laissons le souffre nous transporter. Dans la nuit, les éphémères filent comme les muses d'un poète aux vers désenchantés. Car dans la nuit ils se retrouvent et savent leur route sans lieu commun.

Les Elysées sauront attendre. Les éphémères pourtant se pressent.

Aucune ceinture en trajectoire. Aucun compteur au répertoire. La route illusoire chavire vers une émotion qui annihile leur raison. Les éphémères perdent la clé de leur château d'acier. Haussements d'épaules. Sourires désabusés. Faut pas se leurrer. La pause s'épouse. Tout oublier. Les insoumis furètent les poches de leurs guenilles sans s'en soucier. Sur le trottoir fument des clopes en farfouillant dans leurs cahiers l'empreinte de leurs errements. Les éphémères chroniquent leur trip, brisent les verrous, rayent leurs doutes. Dans leurs carnets, ils cherchent la clé des cœurs, des âmes, grands révoltés. Dans leurs journaux, ils déclament les maux d'un monde qui les réclame.

Non loin de là, un trousseau scintille. Les éphémères se font nomades.

Les distances encrassent des émanations en partance. Les parcours s'entachent, audaces sans intention. Les éphémères dessinent une carte dont les richesses exigent l'attente. Célestes fous cassent leurs charités et enflamment leurs aumônes. Il reste quoi ? La fin. Comment on saura ? A la musique. Les chants funestes se rapprochent clamant leurs lancinantes alarmes lancées au souffle vital d'une psyché trop aiguisée. Les éphémères succombent en spasmes au coin d'un champ. Ils repèrent le refuge, lopin sans herse, terrier sans fond. Au bout du trou, les contresens irréalisés inhalent leur vaine transe.

Les éphémères avalent leurs mirages, sans cri, sans bruit, à l'agonie du violon.

Les éphémères en dernière pause ont embaumé toutes leurs douleurs, tous leurs plaisirs. La trêve arrive et les délivre en douces lames. Dans leur îlot, de vieilles carcasses désossées, de vieux métaux rouillés, deux corps sans vie enfouis sous leurs péchés. Les éphémères lentement s'éteignent, leurs membres abusés enchevêtrés dans leur royaume de charognes laissées au rebus sans sourciller. Vite s'étreignent dans le dernier sursaut de leurs veines engourdies. Les éphémères se sont posés dans un chemin longtemps banni. Cercueils de tôles s'étalent dans un cimetière aux stèles immatriculées. Sans bagages, et sans testament, leurs squelettes s'ébauchent sous la fournaise. Offrent pitance aux mouches à viande et becs en braise. Ultime demeure des éphémères, la casse mansarde leur plus belle taule. Le feu en eux a fui les allées délabrées pour accueillir une dernière oraison stellaire.

Les éphémères veillent l'un sur l'autre, bien loin du foutre des foules aliénées.

Caroline, Philippe, Stéphanie, Laurent, Fred, Jean-Yves.

Et mes enfants, Cassandre, Swan, Joséphine, témoins silencieux et courageux.

http://www.justice.gouv.fr/aide-aux-victimes-10044/

https://www.france-victimes.fr/